童年：梦想的翅膀

吴英 著

远方出版社
·呼和浩特·

图书在版编目（CIP）数据

童年：梦想的翅膀 / 吴英著 . -- 呼和浩特：远方出版社，2025. 5. -- ISBN 978-7-5555-2160-0

Ⅰ . I217.2

中国国家版本馆 CIP 数据核字第 20255XA990 号

童年：梦想的翅膀

TONGNIAN MENGXIANG DE CHIBANG

著　　者　吴　英
责任编辑　于丽慧
封面设计　青年作家网
版式设计　王改英
出版发行　远方出版社
社　　址　呼和浩特市乌兰察布东路 666 号邮编 010010
电　　话　（0471）2236473　总编室　2236460　发行部
经　　销　新华书店
印　　刷　河北晔盛亚印刷有限公司
开　　本　787 毫米 ×1092 毫米　1/32
字　　数　105 千
印　　张　7.75
版　　次　2025 年 5 月第 1 版
印　　次　2025 年 6 月第 1 次印刷
标准书号　ISBN 978-7-5555-2160-0
定　　价　68.00 元

目录

第一辑·现代诗

第二辑·诗词篇

第三辑·散文篇

第一辑　现代诗

天上人间

谁裁走了三月的锦缎
只余下散落的行囊
暮色洇湿踉跄的剪影
在黄昏的褶皱里游荡

零落成蝶的枫影
误入时光劫掠的剧场
朱甍碧瓦上悬垂着
残叶织就的碎裳

斜阳在雁阵里收拢金线
为秋娘披上雾绡
楼宇阖起琥珀色的眼睫
跌入霓虹深处的梦乡

昨日鎏金的冠冕已然褪色
而脊梁仍在尘埃中生长
市声漫过钢筋的森林
漾起千万朵带露的朝阳

长街吞吐着迁徙的鱼群
每片鳞都闪着乡愁的微光
烟火缭绕的繁华苍陌
正用咸涩浇灌理想

梧桐垂落青色的叹息
将雏羽轻轻摇晃
每颗坠入河心的泪珠
都映着母亲年轻时的月亮

晚风在船舷写下偈语
汗水正酿制陈年的酒浆

老牛踩着铜铃的韵脚

驮起沉甸甸的秋光

仙风道骨

一

夜市悬在银河的裂缝里
杏花仙子抖落星屑
九万只灯笼摇晃时
青石板涌出液态的月光
她足尖点过霓虹的鳞片
霰杖在云层深处
敲响第一声惊蛰

二

风神解开束腰的丝绦
村庄便伏在麦浪间打鼾
城市钢铁的骨骼中
云中君正用露水煮茶

青铜鼎蒸腾的雾霭里
漂浮着尚未成形的宇宙元素

三

檐角悬垂的冰凌是倒挂的钟乳石
百鸟朝凤的绸缎掠过琉璃瓦
每根羽毛都嵌着月相
老槐树的年轮里
藏着星子发芽的声响
樵夫拾起半阕蝉蜕
里面蜷缩着唐朝的雷雨

四

霰杖轻叩石板
裂缝中溢出液态的琥珀
商贩叫卖声里裹着桃花雪
酒旗招展时

整条街都在醉意中倾斜

杏花仙子的裙裾扫过牌坊

砖缝便绽出青苔篆字

五

茶汤沸腾的漩涡里

浮现蓬莱十二峰

云中君指尖拈着彗尾

将星图绣在大袍内衬

风神在高压线上弹奏箜篌

电流是带电的松涛

六

黎明前最深的褶皱里

村庄与城市交换瞳孔

收割机吞下整片星空

履带碾过时

露珠里飞出青铜编钟

老黄牛角上挂着

半溶化的星群

七

百鸟衔来朝霞补天

杏花仙子解开云鬓

发丝垂落成银河支流

玉禅杖点 地三寸

岩层便翻涌起佛经

云中君吐纳时

山峦开始重塑骨骼

八

夜市收拢最后的光斑

风神将喧嚣装进陶罐

杏花酿在瓷坛里发酵出星云

霰杖插进土壤的刹那

千万朵昙花同时睁眼

暗香浮动处

整座城池正在羽化

佳期如梦

自然之梦

在时光的幽径徘徊

玫瑰绽露绯色的期待

花瓣轻颤，似梦的裙摆

露珠妹妹在叶尖安睡

像星子遗落的泪

柔风悄至，如爱的使者

轻吻大地，唤醒沉睡的歌

山河在晨曦中苏醒

花草编织着斑斓的歌

大地袒露宽厚的胸膛

孕育着希望，如诗般葱茏

宇宙之幻

宇宙浩渺，藏着多少星语
银河流淌，似时光的轨迹
霞光万丈，为世界披上彩衣
那是幻想的第一个音符，漫游星河

民族之魂

曾有战火，灼伤大地的记忆
但中华儿女从未放弃
五十六个民族，紧紧相依
在风雨中，守护家园的美丽

神话之韵

月亮公主，洒下银白的光
玉兔在旁，捣着岁月的良方
枫叶似火，燃烧秋的梦想
在时光里，舞动醉人的模样

希望之歌

北斗七星阵，指引着方向
五彩祥云，在天边飘荡
小溪潺潺，流淌着温柔的歌
诉说着古老的传说，源远流长
佳期如梦，在岁月里穿梭
我们携手，共赴美好的未来
让希望的种子，在大地播撒
让爱与和平，在宇宙盛开

开天辟地

破晓与往昔

午夜梦回，开天辟地的余响
在灵魂深处悠悠回荡
车水马龙的街衢，如汹涌的浪潮
奔腾不息，却冲不淡历史的厚重与沧桑
风，如泣如诉，细雨绵绵织就愁绪的网
水，浩渺苍茫，心中惶惶不知前路何方
在这微风轻拂、云卷云舒的悠然时光
遥寄明月，让相思跨越万水千山
缓缓卸下那身沉重的铠甲
一张张朝气蓬勃的脸庞，仿若初升的暖阳
昨日的忧伤，悄然隐匿在时光的回廊
一个个英姿勃发的身影，恰似璀璨的星辰
昔日的辉煌，在记忆的长河中熠熠生辉

山河与梦想

风光旖旎的秀丽山川
倒映着岁月沉淀的温柔与美好
意气风发的老车站
见证了无数离别的惆怅与相聚的欢笑
此刻，它宛如未经世事的少年
在瞬息万变的世界里，接受风雨的洗礼与锤炼
百折不挠，历经风雨仍傲然屹立，宛如苍松
越挫越勇，身经百战而信念如磐，坚若磐石
烽火连天的战场，热血在熊熊燃烧
浴血奋战的身影，铸就不朽的壮丽诗篇
那一篇篇炽热滚烫的誓言，在风中久久传颂
诉说着坚韧与不屈，守护着家国的每寸安宁
两袖清风的城市巨匠
静静伫立，欣赏沿途的如画风光
心中精心勾勒着未来的宏伟蓝图
庄严肃穆，似巍峨高山，沉稳而坚毅

威风凛凛，如苍劲青松，挺拔而刚强
富丽堂皇，若辉煌宫殿，闪耀而夺目
深邃的眼眸，凝视着往来如织的人群
似在寻觅遗落民间的传奇故事

传说与希望

风和日丽的美好日子，美丽传说悄然诞生
狡黠的风司令，嘴角轻扬，朝百合花微笑
掌控着城市的灵动韵律与迷人美妙
青春洋溢，恰似初绽的娇艳花朵
朝气蓬勃，犹如展翅翱翔的飞鸟
金榜题名，开启人生的锦绣前程
骄阳似火的炽热光阴里，为自己谱写诗篇
激情四射，让梦想如火焰般肆意燃烧
意气风发，尽情展现少年的壮志豪情
厚积薄发，默默等待绽放光芒的那一刻
风轻云淡的悠然时光，搭建梦想的通天云梯

身姿矫健的体育健儿
在空中划出一道优美绝伦的弧线
如灵动的音符，奏响欢快的旋律
书写着属于自己的精彩绝伦篇章
熙熙攘攘的人群，汇聚成气壮山河的力量
水泄不通的场景，彰显出蓬勃的生命生机
庄严肃穆的帽檐下
晶莹的泪珠悄然滑落脸庞
似在轻声诉说城市的往昔故事
失意与彷徨，不过是短暂的小插曲
大义凛然的风神
神色平静，俯瞰着路面的芸芸众生
蛮横与冲撞，在秩序的怀抱中渐渐平息
你追我赶的杂乱，终被规整得井然有序
平静的路面，泛起层层美丽的涟漪
阳光倾洒，如金色的纱幔铺满大地
小鸟惊飞，似灵动的音符在天空跳跃

羊群冲散，绘就一幅生机勃勃的动态画卷
世界瞬间喧闹起来，处处洋溢着生机与活力
它俯身轻轻抚摩白色栏杆的脸庞
眼神中满是父亲般的慈爱与深情
岁月如白驹过隙，山河在变迁中不断更迭
刹那间，万物复苏，处处生机勃勃
百花齐放，万紫千红，装点着整个世界
在这荆棘丛生的时代，勇敢地野蛮生长
向着光明，向着希望，一路蓬勃向上

百转千回

一轮皎洁的月，宛如温柔的母亲
用银白的光辉，轻轻抚摩孩子的脸庞
那斑驳的余光，似细密的纱
轻柔地披在大地与山河之上
刹那间，万物似被魔法唤醒

复苏的生机，在天地间蓬勃生长
山河秀丽，仿若画卷徐徐展开
风光无限，令人神醉心往
百鸟朝凤，奏响生命的欢歌
羽毛在阳光下闪烁，争奇斗艳
百花齐放，用斑斓色彩铺陈春天的诗稿
姹紫嫣红，将世界装点得如梦似幻
叱咤风云的风婆婆，傲立云端

以俯瞰众生的姿态，注视着人间的凡夫俗子

四季轮回，如岁月的车轮滚滚向前
生老病死，是生命必经的旅程
五谷丰登，承载着农人的希望
风调雨顺，是天地的恩赐
天地人和，顺应自然的大势
幸福安康，是万民心底的向往

清风徐徐，似温柔的手
拂过弱柳，那扶风的姿态
在波光粼粼的湖面，投下婀娜的影
顷刻间，于天高海阔的苍穹
泪眼婆娑的雨姑娘，身披五彩霞衣
如梦幻的仙子，从天而降
在古老的城市，开启浪漫的序章
郁郁葱葱的葡萄树下，泪滴肆意流淌

似在诉说着不为人知的衷肠

千里之外的银河系，星光璀璨
演绎着一段可歌可泣的千古佳话
芳草萋萋的古道边，悠悠的风
传唱着千古绝唱的神话
凄美冰冷的广寒宫，寂寞嫦娥
留下了万世瞩目的凄美传说

在这个五谷丰登的季节
透过雨姑娘晶莹剔透的泪光
仿若能看见，一个遥远的传说浮现
撕破天幕的雷公公，铁骨铮铮
义不容辞地坚守着这片神圣的土地
眼中满是深情与怜爱
他用铿锵有力的双手，将那深情厚爱
化作电闪雷鸣，震耳欲聋

不遗余力地挥洒在人间
从此，四季分明，岁月如流

凶神恶煞的电元帅，怒目圆睁
挥舞着气吞山河的手臂
刷新了这个城市的记忆
那气势磅礴，令山河失色
那荡气回肠，让人百转千回

朱漆玉瓦的屋檐下，小雨滴淅淅沥沥
如灵动的音符，奏响时光的旋律
破烂不堪的墙脚边，片片残瓦
似失忆的铠甲，默默诉说着往昔

金碧辉煌

绿皮火车碾碎铁轨的锈斑
白烟在暮色里舒展成绸缎
为沉睡的往事
镀上鎏金封面

站台啃噬着斑驳的行李箱
老车祟蜷缩在月光的褶皱里
汽笛刺破暮色时
有人把背影种进地平线

脊梁如松的老班长
将岁月别在泛白的领章上
目光凿穿晨昏线
为蜿蜒的长龙校准方向

一记哨声劈开云雾
所有等待都长出翅膀

霓虹给城市戴上金项圈
群星是银河抖落的碎钻
稻浪在秋色里翻涌
每一粒都裹着太阳的胎衣
当捷报撞响铜锣
新酿的岁月正汩汩流淌

故乡的云垂下发烫的丝绦
试图缝合龟裂的眺望
而老茧密布的掌心
早已长出新的年轮
将咸涩的牵挂
酿成琥珀色的陈酿

战旗在硝烟里淬火
刺刀挑破黎明的茧
青铜勋章长出根系
在纪念碑的褶皱里
我们打捞那些永不生锈的姓名
他们正在史册上里
被熔铸成永恒的浮雕

老司令站在时光的折痕里
挥手抖落满天星芒
风掀起泛黄的相册
父亲鬓角的霜雪突然滚烫
原来所有远行
都是沿着他目光铺就的轨道
奔向下一场
永不褪色的
辉煌

黎明前的一道光

在夜的最深处

墨色的黑暗，将世界严严实实地包裹
恐惧与迷茫，如暗流在大地上悄然涌动、蔓延
恰在此时，一道光，如星辰般悄然闪烁
那是白衣天使坚毅的身影
似无畏的海燕，直面风暴的肆虐与侵袭
他们决然告别温暖的港湾，向着未知奔赴
踏入那没有硝烟，却处处潜藏危机的战场
一个个挺拔而坚定的背影
于夜色中疾行穿梭，幻化成世间最美的风景
他们怀揣着爱与希望，如勇士般冲向病魔
以生命为盾，以仁心为剑
守护每一个生命，绝不言退
祖国，是他们身后最坚实的依靠

源源不断地为他们输送力量

人民，是他们心中最炽热的信仰

指引着他们坚守的方向

每一滴挥洒的汗水，每一次疲惫的守望

皆为了那胜利的曙光，能尽早穿透阴霾，照亮四方

防护服下，是疲惫却依旧坚毅如磐的面庞

护目镜后，是饱含信念且熠熠生辉的目光

他们与时间竞逐，和死神博弈

在黑暗的深渊中，为我们开辟出希望的航道

经过无数个日夜的艰苦鏖战与拼搏

终于，胜利的号角从远方激昂奏响

曙光如利剑，穿透厚重云层，倾洒大地

驱散了浓稠的黑暗，带来黎明的无限希望

他们踏上归乡的路途

那是凯旋之路，满溢着欢畅与荣光

白衣天使啊，你们是黎明前的希望之光

在历史的浩瀚长河中，绽放着永恒不朽的光芒

祖国为你们深感骄傲，人民为你们热烈鼓掌
这一场与病魔惊心动魄的较量
化作岁月里，永不褪色的壮丽篇章
你们的故事，将在时光中永远被传唱、颂扬

第二辑 诗词篇

山河寄情

四海烟霞入画笺，

江湖儿女义担肩。

霜风剑雨情难改，

浩渺山河梦自牵。

才俊风华

奋笔疾书志若磐，

十年寒苦敢登攀。

诗词雅韵萦耳畔，

琴艺书情世代传。

千古绝唱

却步徐行赴香山，
绝响遗音世代传。
雀立门前惊杜宇，
小桥流水入诗笺。

金榜题名

文韬武略禀赋超，
俊逸才郎喜占鳌。
金榜高悬春色耀，
垂髫童子颂歌谣。

流芳百世

中华儿郎品国章，
巾帼英秀韵悠长。
诗词雅颂铭胸臆，
祖国山河刻寸肠。

众志成城

万里征途志若磐，
跋山涉水勇登攀。
星星火种能燃野，
众志成城卫故山。

四渡赤水

力破众议渡赤水，
壮士决然排万诡。
荆棘满径志愈坚，
锦绣山河映心扉。

气势磅礴

气势磅礴越乌山，
豪情壮志冲霄汉。
烽火漫天守戍关，
英雄风范千秋传。

侠女逸怀

萍踪逸影若飘花，
素袂携剑赴天涯。
义胆仁心传美话，
剑花奕奕绽芳华。

山河寄志

浩气凌云意揽霞，
千程辗转护邦家。
文韬武略惊尘宇，
绮路流光颂物华。

嘉时同庆

惊鸿瞥处玉铃响，
万众凝眸韵意长。
浅笑嫣然欢曲绕，
九州处处颂声昂。

山河念情

幽林微雨细含光，
翠岭凝思意悠长。
几叶轻舟横碧水，
柔情似缕绕心房。

怀志寄情

天赋才情韵自寻，烟霞际会动轻吟。
心藏妙策安邦意，墨染经纶济世心。
百代宏图思里固，千秋勋业梦中存。
遥观前路光辉处，柔念盈怀岁月沉。

万众一心

霜天寂寂过青山，众志凝辉浩气煌。
百万劲旅扬旌处，万千丹心卫国安。
山河焕绮迎熙盛，岁月含章颂绩传。
同筑宏图垂久远，共怀宏志永承欢。

对月吟

眸含英气赤心沉，
点点薪火映野林。
智略兵韬酬众意，
功成返处对月吟。

龙行天下

寒窗铁索耐饥寒，
腊月飞雪戏金丸。
他日锦衣还故里，
不枉残屋卧路边。

壮志凌云

塞北琼花落燕然，
豪情矢志破楼兰。
腥风猎猎边关扰，
四海英贤靖宇安。

风云天下

铁甲连营气吞虹，
长缨破阵贯苍穹。
旌旗指处踏乌岭，
万里江山入画中。

在人间

沧海万顷化桑田，
怒卷星河落九天。
龙吟大壑挟雷起，
始信人间有洞天。

父　亲

乌发银丝映碧涟，
清歌浅唱绕庭前。
挥锄带露奔山涧，
把盏欢颜醉柳泉。

童　年

素洁无瑕漫世间，
清辉流转映童颜。
星眸皓齿偎花畔，
逸趣盈怀戏翠山。

兄　弟

依依相伴隐林泉，
懵懵同描绮岁年。
雨骤风狂行世路，
同心并力著宏篇。

姐　妹

义胆忠肝共雪山，
绮衣华馔韵非凡。
繁花照影添娇色，
尘世荣华比牡丹。

同　桌

懵懵初蒙耀锦春，
踉跄逐梦意难平。
葱茏韶岁依霞影，
意气飞扬破碧云。

龙游天下

豪情逸兴赏芳丹，
胜景无垠跃碧潭。
悦目怡情描画卷，
龙行浩宇倚霄剑。

衣锦还乡

雨骤风狂赴翠峦，
力竭犹擎忠义幡。
琴书逸韵才情显，
折桂荣归拜堂前。

鹤啸九天

金风玉露引鹤啸，
仙娥逸韵弄玉箫。
羽影蹁跹惊浩渺，
奇经妙法任逍遥。

英雄节

数万忠魂护梓桑，
万民酹酒祭贤良。
九州同贺新元至，
中华儿女颂德长。

梁 祝

郁郁葱葱映凤台，
柳烟凝翠照书斋。
清歌婉转英台影，
逸趣盈怀意畅哉。

南行志

千里迢迢赴江南，
星驰不辍意如磐。
素心如一循规处，
静守时光苦亦欢。

忆程感怀

十载黉门赴远川，
沧波浩渺一帆悬。
流金岁月如飞电，
两鬓霜华亦畅然。

逐梦长行

车驰衢路接遥天，
披星戴月勇向前。
任是辛劳循轨处，
栉风沐雨志犹坚。

志行逸怀

穹高海浩泛渔船，
风细云悠赋锦篇。
意气飞扬凌翠巘，
功成返棹共团圆。

盛景欢歌

清歌嘹唳彻林乡，
凤舞鸾歌颂国昌。
跃虎腾龙嬉广甸，
普天同贺韵昭彰。

盛景长歌

漫天飞洒玉水花，
意气风发闯天涯。
挥汗倾珠滋稼穑，
民熙物阜乐年华。

锦绣前程

危楼静穆倚云开，
寒舍儿郎向学斋。
梦驾长风凌浩海，
锦程携志入怀来。

千古佳话

沧波浩渺漫穹天，
锐旅奔雷志若磐。
百万貔貅驱虎旅，
雄图伟略颂千秋。

逸韵千秋

风携墨霭势如龙，
鹤唳枝间意韵浓。
尘世浩歌彰义勇，
华邦筑梦向和融。

岁时寄景

墨云漫卷覆汀州，
风曳林梢惹客愁。
雨润芳枝香满牖，
邦宁世泰映金丘。

逸韵风华

风织霄雾幻如虹，
鹤唳琼柯意韵浓。
世宇怀仁崇义勇，
九州焕彩向和融。

凯　旋

山河凝咽赴雄关，
暗云压境覆营盘。
披甲锐师挥戟进，
凯旋同聚共清欢。

羁旅怀思

流离辗转忆韶年，
风餐露宿望故园。
沥胆披肝巡戍边，
铁衣征马入魂牵。

南柯叹梦

沥血殚精赴江东，
雨骤风狂诉梧桐。
挥汗如雨势若鸿，
南柯梦醒一场空。

廉风昭世

霄壤澄明金缕边，铜垣铁垒护山川。
天规赫赫威如剑，国法昭昭正似弦。
吏守清廉尘不染，官持正气志弥坚。
廉风浩浩彰于世，德韵悠悠岁月传。

江湖义旅

江湖侠士勇登关，义旅同袍戍守艰。
赤胆忠魂征远塞，丹心热血破重山。
寒星冷月征程伴，剑影刀光敌阵攀。
胜利荣归授花环，壮志长怀美誉传。

念旧情思

万缕千丝绕我田，韶华恰似指缝烟。
花前共赏牡丹艳，月下同观北斗悬。
旧梦依稀心底绕，新愁暗起意中绵。
天籁悠悠潜入梦，余音袅袅韵长传。

呼风唤雨

天地苍茫浩气生，灵山隐处聚仙名。
八仙仗法神通显，神童弄术意纵横。
袖里乾坤藏日月，足驱山岳踏沧溟。
呼风唤雨惊尘世，奇幻仙途岁月鸣。

巧夺天工

月朗星稀六月天，琼楼玉宇未安眠。
精雕细镂琉璃盏，妙琢奇成锦绣篇。
仙果盈枝蟠桃园，神工鬼斧韵长传。
匠心独运惊尘世，巧技绝伦耀九泉。

顾盼流离

顾盼流离望水边，江波浩渺永不眠。
菩提树下情丝绕，沧海尘间岁月迁。
往昔欢娱如梦幻，今时怅惘惹愁绵。
霜花悄染双鬓畔，独对残阳意黯然。

御笔钦点

天高气爽浪滔天，燕舞莺啼意惘然。
墨韵丹毫承重任，青灯黄卷伴流年。
悬梁刺股勤攻读，破釜沉舟志愈坚。
御笔钦点金殿上，荣登金榜跃龙渊。

海誓山盟

情浓似海立江边，山盟海誓化锦船。
晓渡千帆奔翠岭，暮经万水赴香山。
心中执念情难改，梦里相思意自绵。
百转千回终聚首，团圆共庆乐无边。

天籁之音

万缕情思绕心田，韶华一瞬指缝间。
花好月圆同赏月，星稀夜静共听弦。
仙音袅袅心神醉，雅韵悠悠意梦牵。
天籁萦怀添逸趣，余音绕耳韵绵绵。

英雄凯旋

风云际会聚雄关，飒爽英姿勇向前。

壮志盈怀倾热血，丹心许国护江山。

沙扬战鼓催征旅，剑破寒光斗敌顽。

凯奏功成归梓里，荣膺勋赏戴花还。

羁 途

云暗风凄浪拍天，

莺啼草软意缠绵。

素毫墨韵千钧重，

折桂荣归赴锦川。

秋兴情长

华灯熠熠贺重阳，
姝影亭亭耀一方。
玉液盈杯添逸兴，
戎装驰志韵悠长。

沧海寄怀

凝眸怅惘立江边，
逝水滔滔意自绵。
老树荫中情缕系，
沧桑历尽染霜颜。

琼楼玉宇

月朗星稀六月天，
琼楼绮阁夜无眠。
精雕巧镂琉璃盏，
霞燕云蔚蟠桃园。

海誓山盟

情浓似海倚江边，
海誓山盟化锦笺。
晓渡千程奔翠麓，
千回百转共团圆。

两袖清风

峻岭巍峨立宇寰，
千磨万砺志如磐。
廉洁自律心间刻，
两袖清风世路宽。

风调雨顺

细雨绵绵柳似烟，
山河入画韵如弦。
邦宁政善书盈案，
雨顺风调遂夙愿。

风华壮志

市井喧阗瑞彩彰，
青衿倚望念梓桑。
康庄广陌名传响，
热血儿郎意气扬。

万象风华

攘攘人潮涌若雷，
潮生潮落惹浮埃。
春华秋实同欢颂，
万木争荣永不衰。

戍边志怀

戎装赴戍出雄关，赤胆忠心卫故园。
铁马嘶风驰浩野，金戈耀日破重峦。
山河焕彩千秋固，社稷呈祥万众安。
锦绣乾坤歌盛世，英名不朽古今传。

志凌青云

秋高风肃孟秋天，潮涌波平意惘然。
孔雀舒屏迎远雁，金鳞跃浪破长川。
心怀壮志凌苍宇，梦逐青云揽碧烟。
岂惧征途多险阻，且凭意气著宏篇。

良辰逸韵

千家灯火月星微，曼舞轻歌揽韵归。

皓月光中横玉笛，清风影里落芳菲。

天女散花飘绮梦，仙姿逸彩醉心扉。

且将此景长留念，共待明朝沐晓晖。

烽火英魂

残灯隐处战烟飘，

巨浪翻时江韵涛。

满门忠烈彰勋耀，

铁骨雄姿引敬韶。

正道昭昭

正气歌回山海裂，
铁壁铜墙卫戍坚。
天网恢恢刑律肃，
廉风浩浩立人间。

祈平安

山川迢递念千般，遥向龙泉祈泰安。
浩宇风云翻作浪，尘寰十面护清欢。
岱宗倾雪淬肝胆，壮志凌云浩气攒。
愿化祥光常照拂，九州同沐太平春。

天寒寄怀

寒天冽冽寄宏猷，
笑靥盈盈忆中秋。
意志高怀危处守，
山河揽尽颂金瓯。

云间胜景漫吟

澜平波静大业湾，
月皎星稀意绵绵。
平步云衢游胜境，
柳荫花绽梳云烟。

风卷云集

墨云欲掩蓼花洲，
风卷云涛万斛愁。
雨霁风和香满袖，
邦宁民阜颂金秋。

小楼东风

华灯初上夜微茫，
小楼悄沐东风凉。
江湖雨雾沧桑染，
凤举高翔向昊苍。

仗剑天涯

闾阎空巷颂英贤，
浩渺江湖泛济船。
侠影萍踪凌浅濑，
仗剑天涯意韵绵。

瑞岁新程

绮梦佳人隐碧山，
岁华荏苒忆流年。
鸿蒙初辟书宏卷，
万丈金辉耀九寰。

英盟志

翠柳垂丝春日天，
同怀壮志共盟缘。
英雄携手情如线，
勇铸勋功著锦篇。

戍边志

寒月霜花漫戍关，
执戈御敌勇登攀。
铜墙铁壁护疆土，
瑞气祥风祈梦圆。

铸殿奇功

荆莽深处赴天山，
日夜兼程破万难。
巧技夺天修玉殿，
英名远播万民传。

锦绣新程

翠影青山映碧涟，
柳烟花绽唤啼鹃。
金榜荣题墨香绕，
瑞日和风护故园。

春日逸景

芙蕖出水映清涟，

髫稚嬉风放纸鸢。

庭院深深幽菊径，

华年儿女赏芳妍。

韶光逸韵

朝气盈怀丽日天，

花妍月满大亚湾。

莺声婉转碧湾畔，

葱郁华年指隙间。

守志归期

孤影伶仃隐翠山，
岁华似箭盼归还。
乡音宛在盟心守，
苦厄终消遂夙愿。

折桂梦圆

灵犀一点赴黉门，
十载芸窗铁锁残。
意气飞扬翻卷帙，
金榜题名入翰林。

乡野逸韵

赤日炎炎麦浪摇，
惠风拂野意如潮。
溪声娓娓传幽调，
山影涵波涌翠涛。

山海情盟

沧海澜波映月湾，
山盟海誓系归帆。
江湖义士御边关，
暖日熙风鉴誓言。

岁月寄情

葱茏华岁指弹间，
莺语啁啾念旧年。
蓬鬓幼童嬉水岸，
霜髯老叟渡舟船。

壮志韶华

两小同行闯陕关，
挥毫泼墨誓如山。
精忠许国心犹切，
国泰民安赏牡丹。

志展宏图

义胆相倾隐翠峦，
贫富贵贱如浮云。
苍鹰展翅雄心寄，
鹏路万里驻江南。

廉吏志行

素颜向岭隐幽山，
铁面持公谒圣銮。
两袖清风偿素志，
千秋盛誉著宏刊。

桃源逸梦

霜花两鬓入深山，
女织男耕意自闲。
世外桃源萦幻梦，
返璞归真若谪仙。

少年锐志

月皎星稀赴浅滩，
风餐露宿志如磐。
岁华轮转昆仑畔，
锐志少年戍山川。

守志成途

豪情满怀赴雄关，

矢志潜修破万难。

斗转星移天地换，

精忠报国志如磐。

凯旋寄情

山河含恸向边关，

阴云如墨漫阵前。

甲胄雄师忠勇赴，

云开日朗庆团圆。

幽思寄怀

柔风悄拂弄林泉，
静影闲栖忆旧缘。
淡墨轻匀书别绪，
幽怀暗寄盼云笺。

春溪闲梦

银溪溅玉绕繁花，
柔影随风依柳斜。
静赏幽芳思旧梦，
心宁意安度韶华。

梦启新程

轩昂肃穆立高台，
寒舍学童入墨斋。
志驾长风凌浩海，
锦程璀璨梦魂来。

瑞彩呈祥

欢歌逸韵绕林篁，
凤舞霓裳颂国昌。
龙跃九霄凌浩宇，
瑞光焕彩映华堂。

松壑鹤鸣

风卷云涛裂昊空，

鹤鸣松壑撼苍穹。

人间大爱承尧舜，

山河一脉沐春暄。

山海和鸣

天高海阔走云舷，

风起云笺绘大千。

昂首已吞吴楚气，

归舟载得月团圆。

江声甲韵

雪浪连山撼九垓，
星驰铁骑出云台。
六朝金粉融吴剑，
千古江声带甲来。

清风劲节

蛀梁金镂岂遮贪，
铁律铮鸣固塞垣。
天网恢恢擒魍魉，
清心一脉立人间。

寒夜清晖

天寒地冻暖玉瓯，

桂影频移醉倚楼。

冰心岂惧风波恶，

自有清晖满九州。

寒夜寄怀

天寒酒暖慰风霜，

月满楼高念远乡。

琼楼玉宇终有尽，

千秋清誉胜华章！

青春逸兴

欢声笑语乐洋洋，
意气如飞眉上扬。
青春洋溢心欢畅，
花好月圆读史章。

月夜遐思

金辉熠熠月交融，
岁月如流谁与同？
倩影亭亭观翠柏，
心怀敬意念豪雄。

逐梦寄怀

华灯璀璨夜微茫，
小阁东风意未央。
江湖雨雾添沧桑，
大鹏振翅任翱翔！

隐世高风

高山屹立傲长空，
岁月更迭抗水洪。
历经风雨不居功，
美景年年把他颂。

梁台蝶影

苍苔石径绕楼台，
柳暗香浮映碧苔。
弦断春深君不见，
双双蝶羽破窗来。

鹤唳寒江

寒江鹤唳动云旌，
铁甲连营卷暮潮。
烽火千旌传急羽，
将军夜渡踏霜桥！

桃源夜泊

暮云半掩月临庭，
荷角轻摇立晚蜓。
星斗垂檐窥镜水，
舟分翠幕入空青。

重阳感怀

华灯熠熠庆重阳，
娇影亭亭映古坊。
酒盏盈香添意趣，
遥思旧岁忆荣光。

回首征程

十载寒灯向戍边，
苍波浩渺一帆悬。
韶华似水难再觅，
两鬓霜华笑对天。

逐梦江南行

千里迢迢赴江南，
朝行暮宿越千山。
心怀壮志追新梦，
岁月回甘苦亦甜。

战地玫瑰

烽火弥天举酒觞，

铁蹄奔踏战旗扬。

身如坚盾迎敌刃，

奏凯归来意气扬。

江山览胜

碧海蓝天映水闲，

风柔云淡意绵绵。

欢歌妙舞留佳韵，

逸兴豪情一少年。

村居闲景

庭院葱茏落翠翎，
白鹤凌虚驾彩云。
学童朗朗吟经典，
白发悠然绘竹筠。

春日闲景

莺啼碧野柳含烟，
海阔天空远帆悬。
蓬髻幼童嬉铁环，
朱门静处品诗篇。

春日盛景

风柔云逸放风筝，
潮静波平驶渔船。
燕语莺啼催杜宇，
戏蝶流连醉牡丹。

青春逐梦

青春正好赴衡山，
朝气盈怀阅古篇。
意气飞扬行学舍，
荣归故里话团圆。

春日闲游

天澄云翳映亭台，
水碧山青展卷开。
柳绕花围尝素馔，
风和日暖看球赛。

书院逐梦行

意气飞扬赴翠峦，
豪情惊鹊扰林鹃。
书斋琅琅翻书卷，
荣归桑梓共话欢。

山河绮梦

碧水楼台沐朝霞，
波光潋滟绕人家。
云间鹤影彰祥瑞，
年少英奇誉天下。

西山雅韵

暖风吹袂赴西山，
妙曲余音绕云间。
月洒清晖添秀色，
心怀壮志为民安。

美人雅韵

翠影葱茏映古台，
朱唇轻启叩柴扉。
花朝月夕行幽径，
三潭印月画中归。

月夜雅怀

月洒清晖照梧桐，
弦歌婉转绕碧空。
佳人弄影添幽意，
雅士闲吟兴味浓。

春日欢歌

青春焕发漫山川，
暖日融光醒杜鹃。
旭日初升昭楚地，
同歌盛世乐绵延。

千秋颂怀

墨海行舟探古篇，
五千载史映目前。
红装侠志凌雄岳，
报国丹忱世代传。

逐梦登科

豪情满志赴名山，
快马加鞭破万难。
奋笔精研佳作展，
荣登金榜笑开颜。

戍边雄姿

傲立关河守塞垣，
风侵日炙志如磐。
岁华更替经霜雪，
凛凛雄姿镇宇寰。

学途逐梦

意气昂扬赴杏坛，
风霜砥砺志如磐。
挥毫落纸描春景，
荣归桑梓尽言欢。

武 魄

龙啸千峰剑气缠，
星移北斗照霜寒。
无相勘破乾坤势，
一掌横空绝嶂峦！

江湖初逢

金风爽气透林梢，
仙女吹箫过野桥。
花影蹁跹添意趣，
初逢顾盼醉心韶。

梦途撷锦

朝迎晓色赴书山，
志若磐石勇克艰。
才调纵横皆妙处，
荣登金榜乐堂前。

逸志长怀

春风拂面赏牡丹，

浩气盈怀跃碧潭。

逸趣横生书锦绣，

志行天下倚龙泉。

童年逸趣

素洁纯真漫世间，

清灵娇俏映童颜。

星眸粉靥同花醉，

无虑无忧岁月闲。

忆兄弟

相伴乡间意自绵，
同描岁月梦童年。
相携闯荡经风雨，
共谱辉煌锦绣篇。

念姐妹

携手同游越天山，
青春做伴意清欢。
花前共赏春光好，
梦里常思姊妹缘。

怀念同桌

书案同依共晓昏，
青春逐梦志如暾。
流年悄逝情难改，
每念同窗意自存。

忆父亲

背影如山岁月间，
声声叮嘱绕堂前。
躬耕垄亩辛劳作，
梦里还思父暖颜。

人间行

茫茫沧海浩波间，
片舸冲涛破险关。
沐雨栉风寻远梦，
青春无悔傲尘寰。

贺登科

十载勤修砥砺行，
烛影摇红伴月耕。
文韬武略终得展，
雁塔题名录俊英。

英雄志

烽火连天战似虹，
孤舟破雾守江东。
义存浩气盟心共，
威镇山河颂英雄。

定江山

仗剑豪情向水边，
雄姿飒爽志凌霄。
栉风沐雨平疆土，
四海同瞻盛世天。

凌云志

意气飞扬越险滩，
豪情满怀入黉坛。
青灯伴读诵经典，
心系苍生赴远峦。

壮志征途

豪情满怀下江南，
雄心似铁保家园。
阔步边关迎霜露，
心系百姓问暖寒。

戍边志

寒云卷地赴边关，
戎马经年未肯还。
烽火弥天吞远嶂，
赤心许国破重难。

山河赋

万里长城耸峻峦，
大亚湾畔歌声欢。
星芒耀映日月潭，
金戈淬火气吞澜。

海疆英魂

英豪怒聚海疆头，

百战狂歌意气遒。

铁壁铜墙镇赤县，

英名赫赫震千秋！

少年志怀

天赐良才福运悠，

心怀丘壑正青眸。

欲为稷黍勤培土，

恒守初心岁月酬。

四渡赤水怀思

霜寒冽冽渡乌川，
众志如磐勇向前。
四渡奇兵开胜路，
千秋勋业载鸿篇。

湾区赋

星罗棋布焕南湾，
薪火相传世代延。
珠耀香江连楚豫，
花开三地共婵娟。

壮志征途

熔金破晓染层峦，
万众齐心越峻峦。
壮志未酬情愈奋，
扬鞭沙场守雄关。

群英聚志

意气风发耀昆山，
众志成城建国艰。
暗雾压城危机迫，
群贤共济挽狂澜。

少年英志

朱甍碧瓦映祥氛，
高朋满座情意殷。
吾家骄子初成器，
矢志报国心赤纯。

少年风华

朱扉焕彩映华堂，
年少英奇意气扬。
昔日垂髫怀志远，
今朝高坐议兴邦。

少年壮志

白墙青瓦映秋粱，
烛影摇红映志长。
剑眉星目添意气，
心怀家国梦兴邦。

逐梦之光

霜花满鬓意轩昂，
十载寒灯志未央。
鹏程万里尽铺春，
秉持正道铸荣光。

暮岁闲居

绿溪垂蔓映霜头，
翠柳停禽惹眼眸。
百卉争妍添韵致，
晚阳舒照话春秋。

岁月留痕

善举微行美誉传，
诗章浅唱颂流年。
山河入墨添新韵，
岁月含情记暖缘。

我的大学

碧海蓝天沐朝霞，
青山翠影映吾家。
书香满院才情绽，
志在四方展锦华。

童年忆趣

溪边柳畔戏蝶忙，
短褂轻衫映夏光。
青梅竹马同作伴，
笑声常绕旧篱墙。

念母亲

碧水蓝天映眼前，
潮平岸阔意绵绵。
青丝渐换银霜色，
岁月如飞念母贤。

逸游怀志

天阔云悠赴江南，
风清霞明映翠峦。
朗月清风吟雅句，
志吞海岳镇涛澜。

逐梦京华

豪情满志赴京关，
报国途艰步未闲。
壮志凌云征远道，
功成名就报亲恩。

仁医宏志

天赐祥光耀钱塘，
地毓贤才守杏坛。
悬壶济世声名远，
德厚无双佑众康。

学梦逐光

心怀憧憬赴黉门，

戴月披星向学勤。

奋笔疾书磨学问，

鹏抟万里步青云。

少年登科

少年意气赴雄关，

十载勤修勇向前。

折桂荣登金殿上，

皇恩沐处志昂然。

春行幽境

翠岭清波绕沃田，
柳荫花影漫青山。
嫣红姹紫盈溪畔，
逸兴悠情满此间。

侠影英风

身如飞燕掠檐前，
飒爽英姿擒恶奸。
铁面无私持正道，
铮铮义骨护江山。

逐梦酬志

挑灯夜读守芸窗，
十载辛酸痛彻肠。
鹏翼展时凌浩宇，
雄图得就镇一方。

学梦荣归

书山奋志勇登攀，
学海扬波破万难。
万里寻师赴学府，
功成衣锦耀乡关。

凤舞九天

沥血呕心逐锦程，
千山万壑忆前行。
塞垣风劲传边讯，
凤舞九天展壮情。

逸志昆城

矢志躬耕在昆城，
天阔云悠映碧晶。
风轻云淡心境畅，
海宽天远任君行。

二月天

炊烟袅袅二月天，

烟雨江南绕翠峦。

亭榭风光融晓色，

祥辉焕彩庆韶年。

端午欢歌

波光潋滟映荷田，

风拂垂杨系彩鸢。

挥汗弄舟争竞渡，

欢歌笑语赛龙船。

荷韵逸彩

碧水清波映柳桥，

夭桃绽蕊韵姿娇。

凌空白鹤啼云际，

映日荷花沐晚韶。

英雄帖

踏破青云向岱宗，

志擎昊宇贯长虹。

丹心淬刃星河裂，

虎啸山河四海同！

逐梦行

青衿仗剑赴岭南，
霓烁琼楼接夜寒。
胸有沧溟鹏欲起，
扶摇直上九霄天。

莞城行思

樽前笑语聚东莞，
数载艰辛付岁澜。
流水线中朝暮赴，
心期逸路向海关。

壮志行

仗剑辞家向远天，
豪情直欲破雄关。
历经风雨山川遍，
立马华山论剑还。

花好月圆

斜风细雨润春柳，
碧水青山映暮秋。
凤去楼空江自逝，
月盈星朗醉金瓯。

思绪万千

心事萦怀赴江南，
风餐露宿守江滩。
愁颜恰似千钧重，
暂遣情思赏牡丹。

侠 行

攘攘关城人似澜，
巍巍意气龙潭探。
披星戴月赴天山，
沐雨梳风神剑还。

荣 归

朝气盈怀出潼关，
豪情北志别天山。
琼浆玉馔蟠桃宴，
衣锦荣归合家欢。

打工行

意气匆匆下楚南，
征尘漫漫赴东莞。
规程有序流水线，
月夜思乡独倚栏。

武林盛会

霜刃如星耀九天，
江湖豪客聚庄前。
神功绝技惊天山，
侠胆仁心义薄天。

情深义重

茫茫人海隔重山，
攘攘尘寰若锦园。
洛水仙姝奔翠峦，
侠肝义胆觅灵丹。

江湖行

轻舟掠水影如飘，
峻岭登峰意入霄。
剑舞寒光人似幻，
狭途斩寇气冲霄。

奇经颂

秘籍初临峻岭巅，
风和日丽韵如弦。
英贤仗剑行天地，
风采卓然万代传。

似水流年

千峰瑞雪覆桃川，
仙侣优游岁月闲。
沉醉不知归意晚，
如花美眷度流年。

冰清玉洁

出水芙蕖映碧涟，
冰姿玉骨立尘寰。
历经磨砺护桑梓，
锦绣韶光入画笺。

烽火佳人

烽火红颜隐翠峦，
四时更迭惜流年。
披荆斩棘开新纪，
万丈华光耀世间。

仙风逸韵

仙姿道骨素衣单，
傍水依山意自宽。
垂髫笑执长鞭跃，
皓首闲翻古卷看。

万紫千红

柔风细雨柳含烟，
暖日晴云意自闲。
春蕊秋英妆翠苑，
万紫千红映丽川。

海阔天空

微澜碧浪漾波间，
翠岭清波映眸前。
海阔天空凌浩宇，
风和日丽赏娇妍。

祈 愿

浩渺烟波浩渺川，
矢志赴难心如磐。
荣华富贵皆为梦，
风调雨顺共乐年。

寒江逸景

腊月霜风冽石湾，
天寒水冷铁桥闲。
寒江孤影披辉晚，
雪径寻梅映冷颜。

望景念国

车驰江畔人潮涌，
山影含情月未眠。
绮梦遥思心底绕，
山河入目念情绵。

志业昭彰

意气昂扬赴翠峦，
宏图大业启新篇。
云开日出昭前路，
丰功伟绩著锦刊。

雄师壮志

曙光破晓照江南，
劲旅挥师戍险关。
斗志昂扬旗帜展，
豪情满溢策征鞍。

山河靖泰

雄师劲旅赴雄关，
鼓角争鸣彻宇寰。
骤雨狂风终散去，
民安国泰颂江山。

风雨寄思

落英飘坠碧深潭，

风卷微霜染剑寒。

骤雨狂澜惊孤雁，

祈风祷雨祝君安。

同舟共济

繁花簇锦映江南，

暗云凝墨覆汉川。

风雨兼程排万难，

同舟共济护河山。

欢 途

喜意盈怀度三年，
柳舒花放赴江天。
风和雨畅临堤岸，
国泰民安共月圆。

山川感怀

青山翠影映波间，
风卷流云绕峻山。
瀑涌涛奔归壑湾，
繁华如梦瞬时间。

壮志南征

壮志豪情赴江南，
宏图伟业誓登攀。
扬鞭跃马征前路，
锦绣山河入画间。

艺韵风华

文思逸彩溢茶轩，
雅韵盈庭念华年。
才思满腹怀丘壑，
举世无双绽俊贤。

忆昔感怀

月隐乌啼独枕眠，
枫桥渔火映江滩。
流金过往添霜鬓，
青涩韶华转瞬间。

千山暮雪

千山暮雪覆峰巅，
寒水孤舟钓暮烟。
径僻人稀行旅倦，
幽居静处守林泉。

山河志略

旌旗猎猎映玉栏，
千军锐旅赴雄关。
披肝沥胆征前路，
定鼎山河颂泰安。

逸游抒怀

天高海阔任翔鸾，
风餐露宿赴远峦。
水碧山青云影畔，
心舒意畅醉林泉。

江景寄怀

诗心逸兴访江川，
潮阔波平漫紫烟。
鹤戏浪翻惊古岸，
枫飘秋晚落霞前。

江湖侠影

剑舞寒芒掠浅滩，
侠踪悄隐万重山。
刀光闪映琉璃盏，
纵横江湖傲世间。

幽居逸兴

茶甘酒洌韵悠然，
波影浮光映菊泉。
笑语欢歌林壑里，
赏心乐事碧潭边。

赴考志酬

奋笔挥毫翰墨间，
十年苦读破千难。
文思泉涌如流水，
金榜题名赏牡丹。

义行天下

风雨兼程赴远岚，
侠肝义胆展征帆。
英贤并辔临江岸，
志揽乾坤踏峻峦。

新春盛景

瑞彩祥光贺盛年，
张灯结彩舞春鸢。
缤纷满目晴光里，
举国同欢赏丽鹃。

山河颂

繁星焕彩耀江湾，
日月交辉映翠滩。
千代传承凝浩志，
九州同贺颂河川。

两岸情牵

千灯焕彩耀青山，
两岸同辉映碧潭。
赤胆报国抒壮志，
山河焕彩入眸间。

行途拾景

星眸皓齿踏征途，

朱户雕梁古巷孤。

江月渔灯添韵致，

泉幽蝶戏绕学庐。

盛世风华

群黎勠力启新朝，

万众齐心意气骄。

闾巷贤才歌治世，

庄农巧匠绘宏图。

盛世风华

华灯焕彩意情高，
九州才俊弄浪潮。
俊采星驰倾盛景，
八方共乐颂丰饶。

山川胜景

群峰错落秀江南，
峻岭巍峨绕翠岚。
古寺庄严多结善，
繁花绚烂映晴峦。

壮志问心

鼙鼓如雷震戍门，
枝荣叶茂本基存。
出师奏凯勋名著，
慧剑明心报国恩。

侠影天涯

寒崖孤鸟觅烟霞，
越脊穿檐闯海涯。
剑影刀光映落霞，
侠肝义胆护桑麻。

暮江别情

夕照西山人影微，
古藤苍树两依偎。
月明星朗吹横笛，
江渚渔灯诉别离。

卧龙逸志

花飘雨落忆分携，
寒夜双眸寄韵题。
卧龙山庄呈伟绩，
千秋雅颂震云霓。

金风盛景

金风玉露举觞欢，
凤管鸾歌贺瑞年。
张灯结彩飞纸鹞，
万家同庆共团圆。

贺岁华光

千门灯火耀星芒，
少年风华意气扬。
宴上觥筹添喜色，
岁朝同贺颂安康。

绮梦雅音

曼舞轻歌逐翠峦，
娇姿丽影度华年。
翩跹共赏牡丹艳，
仙籁清音掠碧天。

书海逐梦

寂寂桐阴覆静渊，
豪情志士立宏愿。
书海漫漫勤为径，
矢志报国扬远帆。

豪情天涯

旭光似焰映晨霞，
烈酒当歌闯天涯。
荆路纵横磨壮志，
山河焕彩乐年华。

茶香幽巷

茶韵幽巷隐林泉，
水碧云闲待瑞年。
雨顺风调晴日暖，
民熙物阜谱新篇。

盛业新程

挥汗倾心意自坚，
红旗焕彩映欢颜。
敲锣击鼓舞翩跹，
革故鼎新耀世间。

幽居逸韵

旧履轻痕印绿苔，
幽庭寂寂花亲栽。
三潭弄影波光碎，
小阁东风入画斋。

豪情壮志

万丈霞光耀宇寰，
英雄锐旅渡雄关。
高才似雨凌峰岳，
意气飞扬览锦篇。

盛景祥年

龙骧虎步焕新天，
神州俊彦聚绮园。
五谷丰登同举盏，
风和日丽共迎年。

壮志豪情

赤日高悬盼顺年，
目光坚毅守家园。
辛勤打拼生活美，
心怀壮志揽云天。

浩气长歌

气贯长虹骇浪澜，
荡怀逸韵绕青山。
千秋浩唱传尘世，
精忠报国誓不还。

仙山逸韵

炊烟袅袅柳含烟，
仙童鹤驾赴翠巅。
玉宇琼楼凌九宇，
仙音袅袅醉云天。

良辰逸兴

美酒盈杯映暖晖，
高歌纵意踏春归。
江山入墨吟佳韵，
胜景良辰共忘机。

雄师威略

赤日高悬气势雄，
铁衣战马向遥穹。
坚城固垒图宏业，
凛凛威风震江东。

初唐风华

雏凤清啼向远天，
潜心蓄锐待时迁。
开基立业兴唐运，
盛世风华万口传。

出师北定

雄师北讨战旗鲜，
旧土遗民望眼穿。
白骨沉沙铭壮志，
精忠报国破楼兰。

学途志展

奋笔挥毫意气昂，
十载攻书历雪霜。
喜看雁塔留名处，
绘就山河焕彩章。

凤舞牡丹

凤舞牡丹绮景呈，
仙姿逸韵梦魂萦。
惊鸿掠影邯城醉，
绝代容光耀汉庭。

江湖侠影

矫若惊鸿跃翠峦，
气吞浩宇破迷川。
刀光剑影寒溪涧，
仗剑江湖美誉传。

春日欢游

天朗气清放纸鸢，

风柔云漫泛游船。

花繁柳茂寻幽处，

日暖风和醉碧川。

孤雁思情

孤雁哀鸣向故台，

春花寂绽任风裁。

狂飙猎猎惊寒宇，

冷雨丝丝诉待准。

秋韵欢歌

白鹤翩跹上碧天，
顽童巧手绘风鸢。
秋高气爽谈兴雅，
胜景良辰同逸欢。

秋闱荣志

桂香馥郁仲秋天，
喜报传来钱塘边。
才倾凤阙宏图展，
志许家国浩气绵。

人间情味

金风拂蕊花依恋，
舞袖弄姿柳如烟。
聚散悲欢天可鉴，
月轮照影共清欢。

绮园盛景

朱楼焕彩韵盈园，
谷畔幽兰映翠轩。
娇蕊琼枝添秀色，
万芳竞艳艳阳天。

活力时光

热情似火暖心田，
柳翠桃红映碧潭。
活力四射思旧岁，
挥毫泼墨赋新篇。

壮志风华

才情卓荦志乾坤，
腹蕴珠玑向峻昆。
逸态临风歌盛世，
倾才展志耀青春。

征途寄情

纵横无畏闯雄关，
风涌云奔渡险滩。
沐雨栉风鞍马倦，
峰回路转祝君安。

青春韶光

骄阳似火赤云连，
朝气盈怀绮梦园。
挥汗逐光寻雅韵，
并肩同赏牡丹妍。

逐梦时光

意气风发凌碧巅，
披荆斩棘破幽渊。
潜心向学探经典，
逸兴遄飞放纸鸢。

秋景寄怀

秋风瑟瑟意悠然，
碧水粼粼花满川。
风轻云淡天浩渺，
波摇翠影柳含烟。

山河戍守

炊烟袅袅鹤翔天，
波光粼粼水映船。
寒岭孤踪烽火现，
刀光剑影卫山川。

凌云逸志

身若飘鸿影自随，
攀檐跃脊意微醉。
一袭正气拂芳蕊，
半轮皎月度花扉。

山河寄情

燕语莺啼意自闲，
青山入目悦心田。
波翻浪涌思潮卷，
浩气盈怀护故园。

江山寄志

秋晖暖照赏娇丹，
万象昭苏韵自安。
志挽山河兴伟业，
心倾邦国著宏篇。

冬景寄怀

飞沙卷地朔风寒，
万花纷谢落江滩。
白雪皑皑铺峻岭，
峰披素衣护行船。

半生感怀

茅檐陋室墨香传，
四季更迭忆华年。
沐雨栉风尝冷暖，
苦尽甘来意悠然。

雨夜思怀

风狂雨骤电光寒，
暂避檐下意自安。
冷露孤影霜华染，
独倚柴扉思旧欢。

寒门逐梦

寒门有志念华年，
岁冷犹能渡峻川。
凌峰破雾摘星斗，
勋业昭彰耀九天。

岁月杂思

烂漫韶光忆旧年，
崇山峻岭破云巅。
风雨如晦羁思苦，
铁马金戈入梦弦。

征途寄情

天高地迥艳阳鲜，
车似游龙越峻山。
人语喧嚣思绪乱，
风扬壮志揽山川。

青春燃志

仗剑辞乡赴江南，
风栉日熏历苦酸。
汗洒征程卫戍土，
青春燃志化辛欢。

秋江遐思

黛岭清波秋意寒，
波光潋滟映峰峦。
残垣旧壁披霜色，
绮梦遥思念玉颜。

蜕变新程

万缕情丝绕梦弦，
柔肠百转惹人怜。
脱胎换骨迎新貌，
意气风发品雅篇。

春日行游

翠峦碧水映娇颜，
柳暗花明过翠山。
风清云闲吟雅句，
年丰世泰乐游园。

逐 梦

星霜屡变赴江浔，
饮露餐风历苦辛。
破棘开荆穿峻岭，
豪情壮志耀乾坤。

学路逐光

书山觅径苦为舷，
学海扬帆志作鞭。
折桂荣登金榜单，
春风逸兴启新篇。

梦归程

逸兴遄飞品雅篇，
挥毫泼墨绘山川。
才高八斗兴邦业，
衣锦荣归赏丽鹃。

耀家声

壮志凌云向远津，
意气飞扬诵雅吟。
披星戴月心犹奋，
满门辉赫耀家声。

岩松劲节

百炼千锤傲峻岩，
风磨雨洗岁华迁。
两袖清风昭日月，
廉心劲节耀长天。

秋江怅望

秋风飒飒起微澜，
绮阁西风吹蕊残。
孤棹远帆云影卷，
波光潋滟映丹霞。

叹古州思怀

繁华盛景古州头，
万缕情丝惹客愁。
风雨飘摇兴废事，
凤离楼阁意悠悠。

侠影风华

晴空骤响震天雷，
衣锦荣归暮雨飞。
侠影萍踪思旧事，
侠肝义胆铸丰碑。

嵩岳新貌

嵩岳新姿岁月传，
栉风沐雨志如磐。
改天换地山河变，
华彩盈堂映玉轩。

劲骨长歌

霜刀雪剑傲危峦，
饮露吞风意自安。
岁华更替浓云卷，
美誉千秋众口传。

守疆魂

塞北烽烟岁月残，
银枪铁甲戍雄关。
城摧山河凝浩气，
丹心碧血耀乡关。

晨景逸韵

旭光初照染晨霞，
翠谷幽中弄琵琶。
惬意闲情终日醉，
漫天飘洒雪绒花。

忆韶年

弦歌雅乐忆韶年，
壮志凌云冲九天。
锐旅无前豪杰胆，
半生功名耀河山。

山河瑞象

翠峦碧水映朝霞，
白鹤翩跹绕故家。
灵物腾渊扬美誉，
祥光遍洒耀天涯。

烽火征途

锦带飘风耀铠华，
烽烟蔽日漫天涯。
兵戈扰攘征尘路，
勋业昭昭万众夸。

春日乐

春风送暖艳阳天，
柳绿桃红映眼前。
燕语莺啼嬉翠影，
满街同赏百枝妍。

青云志

青春焕彩墨香轩，
秀色盈眸翠麓园。
奋笔勤研经国卷，
金榜题名步云天。

逸游绮梦

容光焕彩水云间，
燕语清啼翠柳边。
玉宇琼楼披锦绣，
兰舟载韵过山川。

江波叹

怒浪奔涛楚汉间，

风狂云暗意阑珊。

波光潋滟摇金影，

羁客凭栏思旧年。

赤心报国

英姿飒爽赴雄关，

万马千军下楚蛮。

烽火漫天御敌寇，

赤心报国卫江山。

戍关志

意气风发赴戍关，

千秋宏业立心丹。

霜风苦雨守疆土，

美誉长垂万众瞻。

水乡绮景

浩渺波光映碧天，

千村莺语唤春鹃。

寒江瘦影垂纶处，

水韵山光意绵绵。

山村胜景

炊烟袅袅绕青山，

雪岭蜿蜒展壮观。

崇山峻岭环翠岚，

映阳菡萏醉眸间。

南征记

春风骀荡策长鞭，

壮志凌云赴楚天。

意气轩昂奔楚域，

威名赫赫震山川。

战途英风

军情似箭迫雄关，
敌忾同仇展旆幡。
气宇轩昂威楚地，
齐心破阵战功传。

南　征

雄才大略定河山，
万旅骁兵渡楚滩。
金戈铁马彰勇毅，
豪情壮志震丘峦。

少年行

青春焕彩记心田，
意气风发览简编。
志壮若鹏征塞漠，
功成返旆耀庭前。

赏春景

凤管鸾歌映水天，
怡神悦目杏花田。
仙娥洒蕊青山畔，
瑞彩盈波碧沼边。

夜思逸梦

华灯熠熠盼归年，
燕语莺啼意绪牵。
丝管清声凌远岫，
九霄云外梦如仙。

梦途志

少小离乡逐远梦，
霜途破雾志如磐。
一朝折桂欢颜绽，
荣返桑梓赏春繁。

春日乡韵

茅檐低户鹊嬉飞，
桃汛清波鲤正肥。
绿柳摇风幽意醉，
晴川焕彩映斜晖。

青春锦岁

春风旖旎拂青峦，
袂影蹁跹贺瑞年。
似玉娇娥期锦岁，
风华正茂志如磐。

千秋业

金秋焕彩启新程，

戴月披星铸业魂。

革故鼎新功绩著，

九州同贺颂昌隆。

秋日常情

莺啼草绿仲秋天，

云淡风轻放纸鸢。

垂髫小子荡轻舸，

皓颜耆叟品诗篇。

绮梦星河

碧海浮光摇夜月，
清风弄影奏箫音。
春花秋叶皆成韵，
水碧山青总入吟。

晨景寄志

旭光初照染晨霞，
越岭穿林绕故家。
天道酬勤才思敏，
学途逐梦绽芳华。

村居逸趣

赤轮似火耀村崖，
逸兴悠然赏菊花。
戴月披星耕陇亩，
闲情逸致弄琵琶。

三国怀志

茅庐把盏忆当时，
三国称雄志未迟。
铁马金戈征蜀地，
英风浩气展雄姿。

勋业昭光

矢志图强立伟功，
浴血挥戈建懋功。
鹏翼抟风凌浩宇，
雄才大略耀邦隆。

英雄浩气

身先锐旅义干天，
志贯长虹傲宇巅。
怒浪奔涛舟勇渡，
千钧剑势破苍玄。

锦程寄志

繁英似绣绽春华，
众鸟还林宿暖家。
俊彦贤才兴盛业，
大鹏奋翼赴天涯。

盛世风华

琼楼焕彩映辉煌，
贞观盛治绽荣光。
瑞彩盈天彰德尚，
开元胜景溢芬芳。

报国志

戎马经年意气扬，
烽烟蔽日志如钢。
山河破碎情难已，
铁血丹心卫家邦。

忠魂颂

满腔热血荐忠良，
千里寒凝战鼓扬。
耿耿丹心昭日月，
荣归时把国威彰。

颂贤德

华堂焕彩隐贤良，
德范馨风溢韵长。
盛世勋名昭广宇，
千秋盛赞誉贤光。

寒天寄怀

寒天凛冽忆华年，
人迹稀疏念意绵。
栉风沐雨临水岸，
披星戴月泛江船。

时光追忆

华年绮梦忆从前，
远避尘嚣岁序迁。
盘古开天坤宇奠，
同欢共乐庆团圆。

月夜思情

月隐星稀人渐离，
风柔云淡鸟双栖。
清晖漫洒吹横笛，
思绪萦怀忆旧时。

逐梦长行

心向朝阳意气高，
轻舟破浪渡狂涛。
霜风猎猎征程远，
笑揽星河梦自昭。

江湖风云

众望所归赴岳山，
华山论剑斗英贤。
江湖侠士惜姝丽，
万剑归宗守道源。

济苍生

心向桃源觅古泉，

精研妙法悟真禅。

行云逐梦凌峰岳，

广济苍生证道缘。

叹史怀思

霸业倾颓逝水长，

悲歌慷慨祭忠良。

残魂寂寂归尘土，

功罪千秋载史章。

岁华安

瑞兆盈仓望稔年，
腊冬飘絮送残年。
民熙物阜欢颜驻，
家和人乐福泽绵。

生机焕新

旱苗祈雨盼清泉，
福佑恩垂御岁寒。
栉风沐雨栖水岸，
昂昂浩气护山川。

侠　梦

极目遥思向远山，
侠踪隐现闯龙潭。
风餐露宿经高岭，
绝技惊俗众口传。

盛世祈安

心怀治世赴江浔，
岁序迁流意绪深。
醉赏湖光临胜景，
闲吟卉韵逸情歆。

秋思漫记

闲眸静赏秋溪湾，
碧海波摇日影澜。
云絮悠悠天际远，
清心适意展书卷。

岁梦祈安

寸阴似缕念峰峦，
柔彩含情绕浅滩。
佛韵轻扬泽静殿，
幽怀同寄盼团圆。

春望祈祥

侧耳凝眸盼暖晴，
莺啼燕语绕香庭。
弦歌婉转添春韵，
意畅心舒待福灵。

念君归期

凭栏痴望盼君还，
烽火遥传绕故关。
暮雨如丝湿锦旆，
盼归同聚话欢颜。

念返故园

凭栏凝念返江南，
数载寒灯忆旧年。
瘦影孤怀辛化暖，
荣归桑梓遂幽愿。

念友遥途

临轩凝目念君远，
别后音书久未传。
冷雨敲窗思绕梦，
盼逢同叙旧情绵。

春日读书

柔风轻拂乐流年，

燕语呢喃绕画檐。

日暖云闲诗意漫，

怡情静赏读书篇。

岁末念情

柔怀悄寄盼祥年，

残岁风轻暮意绵。

素雪纷扬凝旧忆，

山川入墨韵连篇。

念君远游

柔肠百转盼君还，
细雨如丝绕故关。
瘦影伶仃思旧忆，
锦书遥寄诉情绵。

幽思寄情

软风悄拂惹情思，
燕语莺声入画池。
静意闲心翻卷册，
室安人悦共欢时。

幽梦寻芳

柔怀缱绻觅春颜，
淡雾轻烟绕翠山。
倦影孤栖思旧事，
幽情暗寄赏幽兰。

岁暮祈愿

柔风轻送盼佳篇，
暖日徐临念瑞年。
星子盈空添绮梦，
阖家同聚共欢颜。

幽思寄远

柔云漫卷绕林泉，
静影孤栖念旧缘。
暮雨如丝添别绪，
幽怀暗寄月同圆。

静念逸思

柔风袅袅绕青山，
静影亭亭倚碧泉。
淡意悠悠寻旧忆，
素心款款品经卷。

江畔念情

晓日初升照浅滩，
波光潋滟惹思绵。
弦歌婉转怀幽梦，
静倚江栏思旧缘。

月梦思情

晓日初升映画栏，
仙音袅袅绕云端。
幽怀眷眷思尘梦，
月照星河念旧欢。

春晨念情

晓日初升照柳湾，
柔丝袅袅拂青山。
幽怀默默思君影，
盼得归期共岁闲。

晨思念远

晓日初升照画船，
波光潋滟映春山。
幽怀暗起思君处，
望断归帆念未残。

春朝念远

细柳初苏笼古关，
柔丝浅拂忆君颜。
幽思脉脉凭栏久，
浅笑盈盈待月还。

月夜思君

月照轩窗映烛摇，
微风悄送柳丝飘。
幽怀暗绕思君影，
望断天涯念未消。

幽梦念情

晓日初临照柳湾，
柔风轻拂绕青山。
幽怀暗起思君处，
静赏繁花待月还。

凭栏念远

柔眸望断倚江楼，
细柳垂丝系客舟。
暮雨如丝添别绪，
残阳似血染汀洲。

第三辑　散文篇

稻香岁月，丰收之歌

骄阳似火，炽热的阳光倾洒而下，颗颗晶莹的汗珠，在农人饱经风霜的面庞上闪烁，宛如璀璨星辰，映照着他们辛勤劳作的坚毅与执着。眼前，一片片金灿灿的稻田，如金色的海洋，在微风中泛起层层涟漪，与天边的云海相映成趣，仿佛一幅巧夺天工的画卷，又似一座金碧辉煌的梦幻宫殿。

清风徐来，仿若 位凌波仙了，身姿婀娜，摇曳生姿，带着丝丝凉意，轻歌曼舞。她手持玉笛，身披五彩霞衣，脚踏七色祥云，自天际翩然而降，将福泽天地的祥瑞之气温柔地洒向人间。

沉甸甸的稻穗，在镰刀银亮的弧光中轻轻颤抖，仿佛知晓一生的使命已尽，它们低垂着缀满谷粒的穗头，宛如谦恭行礼的老者，带着祥物成熟的坦然，顺从地倒入田垄的怀抱，将丰收的喜悦悄然传递到农民伯伯布满老茧的掌间。一时间，农人的欢笑声，与风声、泉声、鸟的鸣叫声、小河的潺潺声、牛羊的哞咩声以及那若有若无的玉笛声交织在一起，如同一曲天籁，萦绕耳畔，令人心旷神怡，荡气回肠。

在农人那气势如虹的“行军令”下，一波波稻穗像是甘愿为丰收献祭的勇士，铺就一片流动的鎏金。它们被一双双历经岁月沧桑的大手麻利地捆扎成堆，踏上一场可歌可泣的旅程，仿佛在谱写着千古传唱的壮丽传说。

那前赴后继的稻穗仿佛在仰天长叹：“天高海阔赴江南，风和日丽折纸鸢。五谷丰登赏牡丹，风调雨顺问君安。”它们的泪水夺眶而出，似片片枫叶的深情，绘就了一幅山河仕女图。图中，衣袂飘飘、手持玉笛的仙子们，吹奏着令人沉醉的天籁之音。仙子们随着音律翩翩起舞，恰似月宫嫦娥，冷艳绝美，风姿绰约，在清风皓月之下，尽显无双风华。

她们气势磅礴地驾驭着时光的车轮，穿越时空的隧道，奔赴那山清水秀、四季如春的世外桃源。那里，是人间仙境，充满欢声笑语与无尽妙趣，没有尘世的尔虞我诈与钩心斗角。仙子们轻轻挥手，将福祉恩赐人间，大地一片生机勃勃的景象。

稻穗仿佛也受到仙子们的感染，踏上一场意义非凡的旅行。它们载着徐徐微风，顶着炎炎夏日，带着春华秋实的期盼，奔赴远方，结束这辉煌而又短暂的一生。

农民伯伯熟练地驾好老黄牛与石磙，随着老黄牛一声“哞”叫，一场伟大的丰收工程正式拉开帷幕。顿时，稻场上尘土飞扬，吆喝声和石磙声交织在一起，宛如一曲动人的乐章，让人沉醉其中，回味无穷。

金黄的稻穗堆积如山，在石磙的碾压下，它们似在低声呜咽，诉说着不舍与眷恋。稻穗努力睁开水汪汪的眼眸，满含深情地望向四周，将这五彩斑斓的世界印刻心间：翠绿的麦苗随风轻摇，湛蓝的天空辽阔无垠，潺潺的小溪波光粼粼，喧闹的羊群悠然自得，娇艳的花朵含露绽放，欢唱的小鸟灵动活泼，纤细的小草含羞探头，农人的脸上洋溢着收获的喜悦。它微微晃动着干枯的秸秆，似在与熟悉的一切轻声道别，那模样，满含深情与不舍。

随着石磙的转动，稻穗仿佛置身于一个神秘的黑洞之中。这黑洞似乎象征着生命的转换。稻穗告别了过去，奔赴新的旅程。

烈日高悬，炙烤着大地，稻穗承受着酷热与碾压的双重磨砺。老黄牛迈着沉重的步伐，拉着石磙，一下又一下地碾压着稻穗。每一次滚动，都像是岁月的车轮在稻穗的生命中留下深刻的痕迹。农人捋了捋被汗水浸湿的袖子，饱经沧桑的脸上绽放出灿烂的笑容。脚下那一颗颗饱满的稻谷，是一年辛勤劳作的最好见证。丰收的喜悦在空气中弥漫开来，连鸟儿的歌声愈发欢快，小溪也哼着轻快的旋律，牛羊悠闲地吃草，仿佛也在为这丰收而欢庆。

此时，小草小心翼翼地探出脑袋，将带着希望的种子埋在稻穗残余的秸秆旁，传递着生命的延续，默默期许着来年能生根发芽。

岁月流转，世间万物都在不断变迁，村庄更迭，树木年轮渐多，高楼大厦拔地而起又不断更新，可稻穗岁岁年年的使命从未改变，它们承载着大地的馈赠，成为秋天最珍贵的果实。

稻穗虽历经风雨与碾压，却完成了生命的蜕变，将自己的一切奉献给这片土地。而它们的故事，也将随着岁月的长河，在这片广袤的田野上，被不断书写、传颂。

秋风拂过，一波波稻草如汹涌的浪涛，翻滚着，以排山倒海之势，奔涌不息，发出簌簌的声响，宛如一首宏大而又古朴的乐章，在广袤的田野间奏响。

恍惚间，在这金黄的浪潮中，似能看见岁月的幻影。如躬身于田垄间辛勤劳作的农人，如奋勇杀敌、保家卫国的战士，如风流倜傥、才情横溢的文人。时光匆匆流转，繁华与荒芜交替，如梦如幻。

稻穗被农人粗壮的大手放置在一旁，破碎凌乱的秸秆被随意丢在阳光最炽热的角落里。历经风吹日晒，稻穗的秸秆上布满的白斑，就像母亲沧桑的面容。

稻穗静静躺在大地的怀抱，闲看天边云卷云舒，坐观远处潮起潮落。在阳光雨露里，它似乎回到了阔别已久的故乡。记忆中的画面一一浮现：年迈的老妇人，古老的梧桐树，紫色的葡萄园，幽静深远的小路，深不可测的古井，还有那承载着无数欢乐的池塘。

一声扬杈翻动的声响打破了这份宁静。农人不辞辛劳地翻动着稻谷。他饱经风霜的脸上，绽放着满足的笑容，恰似三月里盛开的桃花，明艳动人。

微风吹过，田间的花朵轻轻摇曳。花瓣如仙子下凡，风姿绰约；花骨朵含苞待放，像婴儿般稚嫩。淡淡的花香沁人心脾，让人仿若置身于十里桃林，仙气缭绕，远离尘世的喧嚣。

扬杈在农人手中舞动，恰似灵动的音符，在空气中奏响一曲独特的乐章。这声音里，有岁月的沧桑，有生活的温情，也有农人对未来的期许。

豆大的汗珠从农人的额头滚落，在空中划出美丽的弧线，带着阳光的气息，融入自然。那顶破旧的帽子，遮挡了烈日，也承载了农人无数的希望与忧愁。

在飞扬的尘土中，草屑与阳光交织，仿佛组成了一支支欢快的乐队，在空中翩翩起舞。它们的舞姿曼妙，旋律悠扬，充满了生机与活力。农人小心翼翼地将稻穗聚拢，每一个动作都饱含着温柔与珍惜之情。

稻场上，孩童们追逐嬉戏，放着风筝，哼唱着熟悉的歌谣，那是童年最纯真的欢乐。小鸟在枝头欢唱，老黄牛为稻穗披上温暖的“衣裳”，喜鹊见证着丰收的喜悦，世间万物都在为这场收获而欢呼。

山川环绕着稻穗，河流拥抱着稻穗，大树、小草、梧桐，都以自己的方式关爱着它。这一方天地，因为稻穗的存在，充满了温情与希望。

一片树叶轻柔地拂过稻穗，带着丝丝缕缕的温柔，如同一段美好的梦境。风信子穿梭在树林间，祈愿：山河无恙，岁月静好；人间美满，远离苦难；五谷丰登，百姓安乐；国家昌盛，风调雨顺；愿稻穗前路顺遂，一片光明。

夏天的故事

夏日的山林，宛如一幅蓬勃的画卷，而叶子，无疑是这画卷中最灵动的笔触。它身着一袭鲜亮的绿袍，在微风中轻轻摇曳。它的每一次摆动都似在诉说着独属于夏天的故事，轻而易举地惊艳了整个季节。

一股淡雅的幽香悄然袭来，让人心旷神怡。我惊喜地发现，在一处陡峭的山壁上，有几株兰草花亭亭玉立。它们遗世独立，散发着高洁的气质，仿若不食人间烟火的仙子。我仿佛化身轻功高手，以最快的速度将这心中的圣物捧在手心。那一刻，我的心怦怦直跳，兰草花的高雅圣洁、与世无争深深打动了我，我决定带它回家，视它为心中的偶像，时刻激励自己。

然而，脚下突然一滑，我被一个洁白的东西绊倒了。正懊恼时，却惊喜地发现了一片蘑菇。一时间，兴奋之情难以抑制，我甚至忍不住叫出了声，仿佛寻到了世间最珍贵的宝藏。

在山林间的一隅，绿油油的草丛里，密密麻麻的蘑菇如繁星般散落。它们白白嫩嫩，像是刚从沉睡中苏醒的精灵，浑身散发着清新的气息，仿佛轻轻一掐就能溢出生命的汁水。我满心欢喜，赶忙拿起小筐，哼着“采蘑菇的小姑娘，背着一个大竹筐”的欢快小曲，有条不紊地采摘起来。每摘下一朵蘑菇，我都像是收获了一份大自然的珍贵礼物。

待小曲唱罢，筐里的蘑菇也堆成了小山。这时，我才端详起手中的篮子，里面菜肴丰盛，色香味俱全，仿佛一桌迷你的“满汉全席”。绿油油的韭菜搭配金黄的鸡蛋，光是想象那诱人的香气，就足以让人食欲大增；油光满面的红烧肉稳稳占据着篮子的中心，宛如一位威风凛凛的元帅，霸气地宣告着它的“地位”；绿油油的葱花点缀着白嫩嫩的豆腐，清爽又可口，真正诠释了“一清二白”的美妙；一条棱角分明的大鱼，身姿矫健，鱼身泛着粼粼光泽，好似披着一身华美的锦袍，“秀色可餐”一词用来形容它再合适不过；还有那盘热气腾腾的莲藕，上面密密麻麻的小孔，恰似智者深邃的眼眸，有序地排列着，仿佛在静静等待着人们的品尝。而那壶香气袭人的桃花醉，更是将我带回了那年桃花树下青春肆意绽放的美好时光。

夏日的阳光炽热而耀眼，一道光芒忽然晃入眼帘，瞬间将我从回忆中拉回现实。我猛地一拍脑袋，想起阿爸在稻场忙碌了一上午，想必早已饥肠辘辘。于是，我赶忙提着篮子，匆匆向稻场赶去。一路上，一只快乐的小鸟从头顶飞过，清脆的啼鸣声仿佛在为这美好的一天欢呼喝彩。

当我兴高采烈地抵达稻场时，阿爸正坐在树荫下休息。碧绿的树叶在枝头轻轻摇曳，好似在与微风嬉戏，那纤细的身姿倒映在清澈见底的湖面上，随着水波荡漾，波光粼粼，宛如一位轻纱遮面的妙龄女子，眉眼含情，温柔地打量着这个五彩斑斓的世界。树枝舒展着粗壮的臂膀，像是在热情地招呼着过往的微风和飞鸟，为这酷热的夏日增添了几分柔和与灵动。

枝头的小鸟叽叽喳喳，时而欢快地跳跃嬉戏，时而若有所思地静静伫立，仿佛也在思考着生活的难题：是选择安稳富足的生活，还是追寻自由不羁的梦想？是在荆棘中砥砺前行，还是在坦途上悠然漫步？过往的经历与对未来的憧憬、担忧交织在一起，让它陷入了短暂的迷茫。而此时的我，看着眼前的阿爸和这美好的自然景致，心中满是温暖与安宁。

阿爸坐在树下，古铜色的烟斗被他轻叼在嘴角，一缕缕白色的浓烟袅袅升腾，悠悠地萦绕在他的头顶，似是在温柔地拂去他周身的疲惫与倦意。

“阿爸！”我满心欢喜，欢快地呼喊着。阿爸缓缓转过头，目光中满是慈爱，他用那宽厚温暖的大手轻轻摸了摸我的头，随后从篮子里拿出饭菜。我们父子俩席地而坐，在这自然的怀抱中，大口喝酒，大块吃肉，温馨与欢乐在空气中弥漫开来，每一口饭菜都饱含着丰收的喜悦，仿佛吃这一餐，预示着又一个丰收年。

用餐结束，我收拾篮子时，不经意间瞥见阿爸头上的一根白发，那银丝在日光下格外刺眼，瞬间勾起了我对儿时的回忆。记忆里，阿爸平日里话不多，总是穿着那件洗得有些褪色的古铜色上衣，脚蹬一双解放鞋。下地干活时，老黄牛总是紧紧跟随着他，一人一牛，配合默契。阿爸前倾着身子，一边劳作，一边吆喝的身影，至今仍深深地印在我的脑海中。闲暇时，他喜欢靠在门边，手持旱烟袋，悠然地吸着烟，神情惬意。这时，我家可爱的小狗总会乖巧地依偎在他身边，陪伴着他。阿爸生活向来节俭，衣服、裤子破了，总是缝缝补补，舍不得买新的。有了好吃的，像苹果、梨子、香蕉这些，他总是先想着分给我们，自己却只吃些粗粮。回想起这些过往，我的眼眶不禁湿润了。

过了一会儿，阿爸也歇够了，该扬谷子了。只见他将谷子堆成一座小山，密密麻麻的谷子，宛如正在接受检阅的士兵，整齐而壮观。阿爸拿起木棍，一下又一下地扬起，瞬间，尘土飞扬，草屑纷飞。谷子们仿佛训练有素，自动归位，排列成整齐的队伍，它们是阿爸丰收的勋章。而草屑呢，纷纷飘落，好似打了败仗的士兵，垂头丧气，成为这场丰收之役的“俘虏”。

飞扬的尘土在空中划出一道道优美的弧线，宛如可爱的小精灵，欢快地在人间嬉戏。它蹦蹦跳跳，来到一块草地上，寻得一朵娇艳的花，便惬意地躺在上面，仿佛进入了甜美的梦乡。草屑落地，恰似丢盔弃甲的大公鸡，狼狈又失落。

阿爸扬完谷子，熟练地用扫帚将草屑扫到一旁，挑出石头，把稻谷码成一堆又一堆的。看着这堆积如山的稻谷，我忍不住感叹今年又是一个丰收年啊！

扬完谷，阿爸准备带着这些胜利的果实回家。他拿起簸箕，用力向上扬，尘土和草屑纷纷脱离，似是带着一丝不舍，无奈地飘散。草屑在阳光中翩翩起舞，宛如一位楚楚动人的小姑娘，睁着一双明亮的眼睛，好奇地打量着这个五彩斑斓的世界。它仿佛开启了一段奇妙的旅程。

阿爸把谷子一袋袋装好，扎得严严实实，放上板车。此时，一轮明月悄然挂上枝头，夕阳的余晖洒在山峦上，映照出一片妖娆的景色。我和阿爸仿佛乘着由风、火、雷、雨、电、雪交织而成的座驾，兴高采烈、气宇轩昂地踏上回家的路，在这美好的黄昏中留下一路的欢声笑语。

人生如旅，且行且珍惜

人生恰似白驹过隙，转瞬即逝，难以时刻精彩。生命脆弱而短暂，即便历经千山万水、繁华璀璨，终会隐没于红尘，如青烟般消散。

人生没有暂停键，唯有前行的快捷键。那年那月，人与人的相遇皆是缘分，遗憾则是枉然。在时光的洪流中，无数人与我们匆匆相逢又擦肩而过，许多际遇让我们相识相惜，却又在某个路口分道扬镳，各自飘零。

那些在黑夜里为你指引方向的人，在路滑时扶起你的人，为你洗净衣服上的墨渍的人，陪你渡过险滩的人，夏日里为你遮阳的人，冬日里为你盖被的人，一定要好好珍惜。

人生没有永远，来日并不方长。曾经，日子美好，踏雪寻梅、赛马冰川；往后，沧海桑田，世事无常，我们更应笑看风云，且行且珍惜。

一位著名作家曾说："当我们为一去不复返的青春叹息时，我们应该考虑将来的衰老，不要到那时候再为没有珍惜壮年而悔恨。"每一份爱，都值得我们用一生去守护，这是我们在繁华尘世存在过的印记。

无论多么无奈，成长有时需要我们含泪告别，如轻轻挥手作别西边的云彩；有些结局，我们无力改变，只能面对。在无常的岁月里，我们无法预知下一刻是繁花似锦还是荆棘密布。所以，每一次相拥，请热烈而持久，因为明天过后，花开花落、月圆月缺，我们终会在茫茫人海中离散。每一次告别，请更加真诚，因为下个路口，或许转身便再也寻不见那双明亮的眼睛。

其实，人生的最佳状态，不是日夜忙碌到忽略家庭和亲人，不是行色匆匆地奔波，也不是竭尽全力地拼搏，而是相伴、感恩、善待、宽容、理解、信任与传承。

愿你所等之人，无论岁月如何变迁，青春永驻；愿你珍惜之人，如磐石般屹立不倒，初心不变；愿你所爱之人，纵天涯海角，爱心永恒。